Eske Janszen

KNISTER
Kieseldikrie
oder
Eine Geschichtengeschichte

Verlag Friedrich Oetinger, Hamburg

Einband und Illustrationen von Bettina v. Hayek

© Verlag Friedrich Oetinger, Hamburg 1982
Alle Rechte vorbehalten
Gesamtherstellung: Ebner Ulm
Printed in Germany 1982
ISBN 3 7891 1725 0

Inhalt

7 Familie Bröselmann
oder Am besten, man beginnt am Anfang

9 Vaters Gipsfuß
oder Ein seltsamer Tapezierer

15 Der Gehgips
oder Eine Lügengeschichte

19 Die Überraschung
oder Ein großes Durcheinander

23 Tinas Reisepferd
oder Eine uhrige Geschichte

29 Das Aufräumen
oder Ein Kieselstein kann nicht sprechen!

36 Vaters Geschichte
oder Ein orientalischer Händler erzählt

46 Dicke Luft in Omas Zimmer
oder Eine sehr dunkle Angelegenheit

52 Die Zauberpfeife
oder Wo ist der Pappkarton?

56 Jos Geschichte
oder Eine Zunge tut weh

64 Mutters Geschichte
oder Es geht um die Wurst

74 Vaters Entschluß
oder Eine Pizza wird kalt

79 Der Brutplan
oder Eine lange Nacht

91 Die zweite Teilbrütung
oder Ein frühes Frühstück

96 Die lustige Turnstunde
oder Ein neugieriger Hausmeister

104 Vater in Not
oder Eine neue Geschichte

Familie Bröselmann
oder Am besten, man beginnt am Anfang

Jo und Tina sitzen in Omas Zimmer.
»Also wie du versucht hast, die Kieselsteine im Bett auszubrüten, das war wirklich zu komisch«, sagt Tina.
Jo lacht und antwortet: »Und weißt du noch, wie Vater in der Schule vom Hausmeister erwischt wurde?«
»Klar! Vater ist auf einem Bein durch die Schule gehüpft und hat immer laut KIESELDIKRIE gerufen.« Tina schüttelt sich vor Lachen und fällt dabei von ihrem Reisepferd.
– Ja, du hast richtig gelesen – Tinas Reisepferd steht wirklich in Omas Zimmer. Aber Omas Zimmer gehört nicht mehr der Oma. Tinas Oma ist schon lange tot.
Das Zimmer, in dem Oma früher gewohnt hat, gehört zur Wohnung von Familie Bröselmann.
Am besten, ich erzähle alles der Reihe nach. Dann weißt du, warum Jo die Kieselsteine im

Bett gehabt hat. Dann lernst du auch Tinas Reisepferd kennen. Und dann verstehst du, warum Vater schreiend durch die Schule gehüpft ist.

Jo und Tina kennst du ja schon. Jo heißt eigentlich Johannes, aber alle sagen nur Jo zu ihm. Er geht in die zweite Klasse. Tina ist Jos Schwester, sie geht in die vierte Klasse.

Herr Bröselmann ist der Vater von Tina und Jo. Er ist Lehrer. Frau Bröselmann ist die Mutter von Tina und Jo. Sie arbeitet vormittags in einer Metzgerei, aber sie mag keine Wurst.

Eines Tages hat Vater die Wohnung neu tapeziert.

Zuerst hat er die beiden Zimmer von Jo und Tina tapeziert. Im Elternschlafzimmer hat er die alten Tapeten einfach blau angestrichen. Im Wohnzimmer ist es dann passiert! Vater ist von der Leiter gefallen und hat sich den Fuß gebrochen.

Vaters Gipsfuß
oder Ein seltsamer Tapezierer

Vater kommt aus dem Krankenhaus zurück nach Hause. Er hat einen dicken Gipsfuß. Jo und Tina haben für Vater einen Wohnzimmersessel in die Küche gestellt.
»Hast du noch Schmerzen?« fragt Mutter.
»Es geht mir schon besser«, antwortet Vater. »Aber wie soll es jetzt weitergehen?«
Jo sagt: »Jetzt setz dich erst mal hier in den Sessel.«
»Das ist ja das Schlimme«, stöhnt Vater. »Ich muß im Sessel sitzen. Der Arzt hat gesagt, ich darf zehn Tage lang nicht laufen. Dann kriege ich einen anderen Gipsverband, einen Gehgips. Mit einem Gehgips kann man zwar vorsichtig gehen, aber nicht auf eine Leiter klettern. Und tapezieren schon gar nicht.«
Vater sieht traurig aus.
»Das mit dem Wohnzimmer kriegen wir schon hin«, sagt Tina aufmunternd.

»O ja!« ruft Mutter begeistert. »Ich wollte immer schon mal selbst tapezieren.«

»Und ich streich den Kleister auf die Tapeten«, sagt Jo.

Vater lacht und sagt: »Das soll was Schönes geben.« Er zieht Mutter ganz nah zu sich heran.

»Etwas Gutes ist doch an dem Gipsfuß«, sagt er ganz leise. »Ich brauch drei Wochen lang nicht zu arbeiten.«

»Haben deine Schüler denn drei Wochen frei?« will Jo wissen.

»Nee, nee«, sagt Tina. »Die kriegen solange einen anderen Lehrer oder eine andere Lehrerin. Meine Lehrerin war auch mal krank, und wir durften nicht nach Hause gehen.«

»Ich glaube, ein paar Schulstunden werden schon ausfallen«, meint Vater nachdenklich.

Jo sagt: »Hoffentlich bricht unser Lehrer sich auch mal ein Bein. Dann hab ich auch mal weniger Schule.«

»Jo! So etwas sagt man nicht«, sagt Mutter vorwurfsvoll. »Für euch ist es sowieso Zeit, ins Bett zu gehen. Es ist schon sehr spät.«

Damit ist Jo nicht einverstanden. Er bettelt: »Aber ich will noch sehen, wie Vater ins Bett geht.«

»Ganz einfach«, erklärt Mutter. »Ich stütz ihn, und er muß mit dem gesunden Fuß zum Bett hüpfen.«

»Am besten, ihr bringt mich jetzt gleich ins Bett«, sagt Vater. »Ich wasch mich heute nicht, denn ich habe einen Gipsfuß.«

»Der hat's gut«, murmelt Jo und geht ins Badezimmer.

Am nächsten Morgen bleibt der Vater im Bett liegen.

Jo und Tina gehen in die Schule.

Mutter kommt zu spät in die Metzgerei. Aber sie hat eine gute Entschuldigung. Sie sagt einfach: »Mein Mann ist aus dem Krankenhaus gekommen, er hat einen Gipsfuß.«

Jetzt ist es in der Metzgerei nicht mehr langweilig. Der Metzgermeister erzählt jedem Kunden die Geschichte von Vaters Gipsfuß.

Nachmittags geht es dann richtig los. Das Wohnzimmer wird tapeziert.

Mutter schneidet mit einer großen Schere die langen Tapetenbahnen.
Vater sitzt im Wohnzimmersessel und schaut zu.
Manchmal meckert er ein bißchen.
Er ruft vorwurfsvoll: »He, Jo! Paß doch auf, du streichst den Leim ja auf deine Hose. Du willst doch nicht deine Hose an die Wände kleben, sondern die Tapeten.«
Jo hat eine tolle Idee. Er geht ins Badezimmer und zieht sich aus. Dann holt er seine Gummistiefel und kommt zurück ins Wohnzimmer.
Tina lacht sich halb tot und sagt: »Da kommt der einzige nackte Tapezierer der Welt.«
»Das stimmt«, antwortet Jo. »Ich bin aber auch der einzige Tapezierer, der garantiert keinen Leim auf seine Jacke oder Hose kriegt.«
Jo sieht wirklich komisch aus. Ganz nackt und nur die Gummistiefel an.
Mutter muß auch lachen und sagt: »Aber du mußt dich heute abend waschen, sonst klebt dein Schlafanzug an dir fest.«
Mutter pappt die langen Tapetenbahnen an die Wand. Tina streicht sie glatt.

Abends ist das Wohnzimmer fertigtapeziert.

Die nächsten Tage sind für Vater ziemlich langweilig. Er sitzt immer nur im Sessel und läßt sich bedienen.
Vater soll morgen einen neuen Gips kriegen, mit dem er humpeln kann.
Vater sagt: »Wenn ich den neuen Gehgips habe, wird sich hier einiges ändern. Ich habe mir nämlich in den vergangenen Tagen etwas überlegt.«

Der Gehgips
oder Eine Lügengeschichte

Mutter hat Vater aus dem Krankenhaus abgeholt.

Vaters neuer Gipsfuß hat einen Gummipfropfen unter der Hacke. Der Gummipfropfen sieht aus wie ein hoher Absatz bei einem Schuh.

Tina und Jo kommen aus der Schule.

Kaum sind sie zur Wohnungstür hereingekommen, ruft Vater stolz: »Kommt mal her! Ich zeige euch meinen neuen Gehgips.«

Vater steht aus dem Sessel auf und humpelt vorsichtig durchs Wohnzimmer.

Jo und Tina sind enttäuscht.

»Ich hab mir einen Gehgips anders vorgestellt«, sagte Tina.

Jo kichert und meint: »Dein neuer Gips müßte nicht Gehgips, sondern Humpelgips heißen.«

»Jo! Darüber macht man keine Witze«, sagt Mutter.

»Schon gut«, sagt Vater. »Jetzt, wo ihr alle

gerade hier seid, kann ich euch sagen, was ich demnächst vorhabe. Setzt euch doch mal hin und hört gut zu.«
Vater macht ein ernstes Gesicht. So, als wollte er jetzt etwas ganz, ganz Wichtiges erzählen. Er putzt sich die Nase und fängt dann an:
»Also, nun ist Oma schon zwei Jahre tot. Ich habe mir überlegt, daß es eigentlich schade ist, wenn in Omas Zimmer nur ihre alten Sachen und Gerümpel herumstehen. Ich werde Omas alte Kleidung ins Altersheim bringen. Dort gibt es sicherlich eine Frau, der Omas Kleider passen. Und ich weiß auch schon jemand, der ihre Möbel gebrauchen kann. Aber von uns stehen auch noch alte Sachen in Omas Zimmer herum. Jeder von uns hat in der vergangenen Zeit immer alles, was er nicht braucht, in Omas Zimmer gestellt. Also – wir werfen all den Kram weg, und dann mach ich mir aus Omas Zimmer ein Arbeitszimmer.«
Mutter unterbricht Vaters lange Rede und sagt: »Also, deine Idee finde ich gar nicht schlecht. Ehrlich gesagt, habe ich auch schon mal an so etwas gedacht, aber ich finde es nicht richtig, daß

du das Zimmer für dich allein haben willst.«
Jo und Tina sind derselben Meinung wie Mutter.
»Ich finde es gemein, wenn das Zimmer nur für Vater da ist«, sagt Tina.
Vater verteidigt sich:
»Ich will das Zimmer ja nicht für mich allein haben. Zuerst müssen wir es mal ausräumen, und dann können wir ja weitersehen, was aus Omas Zimmer werden soll.«
Damit sind alle einverstanden.
Am nächsten Tag holen Tina und Jo Mutter aus der Metzgerei ab. Jo und Tina müssen dem Metzgermeister alles von Vaters neuem Gehgips erzählen. Der Metzgermeister ist nämlich sehr neugierig und will alles ganz genau wissen. Darum übertreiben Jo und Tina etwas.
Jo erzählt: »Also, Vaters neuer Gipsfuß ist ungefähr so groß wie ein Fernsehapparat. Vorne hat er eine gefährliche Spitze, auf der man sich leicht aufspießen kann.«
»Ja, und der Gipsfuß ist sehr schwer«, erzählt Tina weiter. »Als Vater den Gipsfuß im Wohnzimmer das erste Mal auf den Boden gesetzt hat,

ist gleich der Fußboden ein bißchen eingekracht.«

Nun erzählt Jo wieder weiter: »Mutter hat mit einem Küchenmesser einfach etwas Gips vom Gipsfuß abgekratzt. Mit dem Gips hat sie das Loch im Fußboden schnell wieder zugegipst.«

Der Metzgermeister macht große Augen und sagt ganz aufgeregt: »Aber Frau Bröselmann, das haben Sie mir ja gar nicht erzählt. So etwas Aufregendes muß ich doch unbedingt wissen.«

Mutter nimmt Jo und Tina an die Hand.

»Wir müssen jetzt nach Hause«, sagt Mutter. »Vater hat bestimmt Langeweile und freut sich, wenn wir kommen.«

Aber Vater hat keine Langeweile.
Tina, Jo und Mutter wissen nicht, daß zu Hause eine Überraschung auf sie wartet.

Die Überraschung
oder Ein großes Durcheinander

»Papa! Papa! Das mußt du dir unbedingt anhören«, ruft Jo aufgeregt. Er ist ganz außer Atem, weil er die letzten Meter gerannt ist. Jo will Vater als erster die Lügengeschichte von dem gefährlichen Gipsfuß erzählen.
»Keine Zeit«, ruft Vater. Er kramt in Omas Zimmer herum.
Jetzt sind auch Tina und Mutter in der Wohnung angekommen.
»Wie sieht es denn hier aus!« ruft Mutter entsetzt.
Die Wohnung sieht wirklich schlimm aus.
In der Küche liegen die verschiedensten alten Sachen auf einem großen Haufen aufgetürmt: eine alte Wohnzimmerlampe, ein Plastikauto, an dem ein Rad fehlt, ein Bügeleisen, ein roter Pappkarton, zwei Blumenvasen, ein uralter Staubsauger, ein Spielzeugtelefon, eine Plastiktüte mit Kieselsteinen, viele Zeitungen, ein

Schaukelpferd, siebeneinhalb Kleiderbügel aus Draht, zwei Bilderrahmen und ein Kugelschreiber.
Vater kommt in die Küche gehumpelt.
»Ich hab schon mal Omas Zimmer ausgeräumt«, sagt er stolz.

»Das sehe ich«, antwortet Mutter ärgerlich.
Tina ist ins Wohnzimmer gegangen. Man hört sie ganz laut rufen: »Ach, du meine Güte!«
Im Wohnzimmer sieht es noch schlimmer aus als in der Küche. Überall liegen Omas alte Hüte, Schuhe, Kleider und Mäntel verstreut. Auf dem Sessel, dem Tisch und dem Fernsehapparat liegen auch Kleidungsstücke von Tina, Mutter und Jo.
»Die Sachen, die im Wohnzimmer liegen, können wir verschenken«, schlägt Vater vor. »Die Sachen hier in der Küche werfen wir weg.«
Tina und Jo sind richtig wütend.
»Du kannst doch nicht ohne mich bestimmen, welche Sachen von mir weggeworfen werden«, schimpft Tina. »Das Schaukelpferd und das Kindertelefon gehören schließlich mir. Da mußt du mich doch erst fragen, ob ich das noch brauch oder nicht.«
Auch Mutter ist sauer. Sie kramt in dem Berg, der in der Küche liegt.
Sie hat sich das Bügeleisen und den roten Pappkarton herausgewühlt und sagt: »Hier im Karton

sind Gardinen drin, und das Bügeleisen brauch ich, wenn mein neues mal nicht in Ordnung ist.«
»Können wir nicht erst mal was essen?« ruft Jo dazwischen. »Ich hab Hunger!«
Mutter antwortet: »In diesem Durcheinander kann man ja nicht essen und kochen schon gar nicht.«
Vater macht einen Vorschlag: »Jo und Tina holen Pommes mit Würstchen für alle. Essen können wir in Omas Zimmer, da ist ja jetzt Platz. Und nach dem Essen unterhalten wir uns darüber, welche Sachen weggeworfen werden.«
Mit dem Vorschlag sind alle einverstanden. Nur Mutter nicht, denn sie mag keine Wurst.

Tinas Reisepferd
oder Eine uhrige Geschichte

Die ganze Familie Bröselmann sitzt in Omas Zimmer auf dem Fußboden. Mutter hat sich ein Marmeladenbrot geschmiert. Die anderen essen Pommes frites und Würstchen.
Tina sagt: »Also, mein Kindertelefon können wir ja wegwerfen, aber mein Schaukelpferd behalte ich.«
Vater antwortet: »Du bist doch viel zu groß für ein Schaukelpferd. Mädchen in deinem Alter spielen doch nicht mehr mit einem Schaukelpferd.«
»Ist mir egal«, sagt Tina trotzig. »Mein Schaukelpferd behalte ich.«
Mutter wischt sich den Mund ab und meint: »Vater hat recht, Tina. Sieh doch mal, du paßt ja gar nicht mehr auf dein Schaukelpferd.«
Tina sagt ganz leise: »Aber das ist ja gar kein Schaukelpferd. In Wirklichkeit ist das mein Reisepferd.«
»Was ist das?« fragt Jo und springt hoch.

»Das ist mein Reisepferd. Jawohl!«
Tina steht auf und holt das Schaukelpferd aus der Küche. »Ich erklär es euch. Eigentlich ist es mein Geheimnis, aber ich kann es euch ja erzählen.

Mein Reisepferd kann große Sprünge machen. Es kann sogar schwimmen und fliegen. Manchmal, wenn es gute Laune hat, macht es seine Augen auf und zu oder wischt sich mit seinem Schwanz die Nase ab.

Früher bin ich oft mit ihm auf die Reise gegangen. Ich habe immer gewartet, bis es Nacht ist und ihr alle geschlafen habt. Dann habe ich mich auf mein Reisepferd gesetzt, und wir sind losgeritten.

Wir haben gefährliche Abenteuer erlebt und sind weit weg in fernen Ländern gewesen.

Einmal haben wir den Urwald in Brasilien gesucht. Das war eine lange Reise.

Zuerst sind wir über den großen Ozean geflogen. Unterwegs haben wir eine kleine Pause gemacht, weil das Fliegen sehr anstrengend ist. Mein Reisepferd ist einfach ein bißchen geschwommen und hat etwas Wasser getrunken. Ich habe zur Abkühlung meine Beine ins Wasser baumeln lassen. Dann sind wir weiter geflogen und endlich im Urwald in Brasilien angekommen.

Der Urwald ist riesengroß, und wir sind an einer Stelle gelandet, wo noch nie ein Mensch gewesen ist.

Hier waren die Bäume besonders groß und standen so eng nebeneinander, daß man kaum

zwischen ihnen hindurchklettern konnte. Aber das tollste waren die vielen Uhren. An jedem dieser Urwaldbäume hing eine Uhr. Das sah wirklich urkomisch aus.
Nur hören konnte man nichts, denn leider waren alle Uhren stehengeblieben.
Ein Kuckuck aus einer Kuckucksuhr konnte uns die Ursache für die Stille erklären. Er wußte auch, warum es in diesem Teil des Urwalds keine Tiere gab.
Er sagte: ›Früher, als mein Urgroßvater und meine Urgroßmuter noch lebten, gab es hier auch viele Tiere. Aber die Menschen, die in den Städten leben, kaufen sich immer neue Uhren. Jedesmal, wenn sie wieder eine alte Uhr wegwerfen, landet sie urplötzlich hier im Urwald. So kamen hier mit der Zeit immer mehr Uhren in den Urwald. Das Ticken und Schlagen der Uhren wurde immer lauter.
Der Lärm ist den Tieren einfach auf den Wecker gefallen, und sie sind weggegangen. Im Moment ist es hier sehr still, weil Uri nach Urach in den Urlaub gefahren ist.‹

›Wer ist denn Uri?‹ habe ich gefragt.
Der Kuckucksuhrkuckuck hat erklärt: ›Uri ist uralt. Er ist der Urbewohner dieses Urwaldes. Er liebt Uhren. Er hat den ganzen Tag nichts anderes zu tun, als alle Uhren aufzuziehen. Manchmal repariert er uns auch.
In der letzten Zeit sind hier ganz komische Uhren gelandet. Sie haben keine Zeiger und ticken auch nicht. Mit solchen Uhren kennt sich Uri nicht aus. Darum ist er zu seinem Ur-Urenkel nach Urach gefahren.
Sein Ur-Urenkel heißt Urban und ist auch Uhrmacher. Von ihm will Uri sich zeigen lassen, wie man solche Uhren aufzieht und wie man sie wieder in Ordnung bringt.‹

Ich habe natürlich gleich gewußt, welche modernen Uhren hier im Urwald gelandet waren.
Aber ich konnte dem Kuckucksuhrkuckuck nicht erklären, was eine Batterie ist.
Mein Reisepferd und ich haben noch einige Uhren aufgezogen und sind zurück nach Hause geflogen.«

Vater, Mutter und Jo haben gespannt zugehört, was Tina erzählt hat.
Sie wissen nicht, daß bald noch verrücktere Geschichten erzählt werden.

Das Aufräumen
oder Ein Kieselstein kann nicht sprechen

Jo ist von Tinas Erlebnissen mit ihrem Reisepferd begeistert. »Dein Reisepferd ist wirklich klasse«, sagt er.
Vater schüttelt den Kopf. »Aber die Geschichte hat Tina sich ja nur ausgedacht. So etwas gibt es doch in Wirklichkeit gar nicht«, sagt er.
»Doch, so etwas gibt es«, ruft Tina empört. »Wenn ich ganz fest an etwas glaube, dann ist es Wirklichkeit. Und mein Reisepferd behalte ich«, sagt sie trotzig.
Jetzt mischt Mutter sich ein: »Wenn Tina glaubt, daß ihr Reisepferd wirklich schwimmen und fliegen kann, dann soll sie es auch behalten. Es wäre doch schade, so ein seltenes Reisepferd einfach wegzuwerfen.«
Jo ist derselben Meinung.
Tina setzt sich auf ihr Reisepferd. Sie darf es behalten.
»Also, was ist denn mit deinen alten Sachen, die

ich in die Küche gelegt habe? Die können doch sicher weg«, sagt Vater.

»Da muß ich erst genau nachschauen«, sagt Mutter und geht in die Küche.

Nach kurzer Zeit kommt sie zurück in Omas Zimmer. Sie stellt einen roten Pappkarton mitten auf den Boden und zählt auf:

»Die Wohnzimmerlampe, die Blumenvasen, den uralten Staubsauger und die Kleiderbügel können wir von mir aus wegwerfen. Das Bügeleisen habe ich ins Wohnzimmer zu den Sachen gestellt, die wir verschenken wollen. Aber diesen Karton mit den Gardinen drin, den behalte ich.«

»Aber wir haben doch Gardinen hängen«, sagt Jo.

»Ganz genau«, bestätigt Vater. »Was sollen wir mit den alten Gardinen? Die liegen bestimmt schon fünf Jahre in dem Karton. Wir haben doch schöne neue Gardinen überall.«

»Nein, den Karton mit den Gardinen behalte ich«, sagt Mutter. »Man kann nie wissen, ob man sie nicht doch noch mal braucht.«

Sie stellt den Karton dicht neben sich an die Tür.
»Über den Karton sprechen wir heute abend«, sagt Vater und sieht Mutter mürrisch an. Dann fragt er Jo: »Was ist mit deinen Sachen?«
Jo geht auch in die Küche. Er kommt zurück und stellt eine Plastiktüte vor sich auf den Boden. »Die Bilderrahmen hab ich gesammelt, weil ich mir aus dem Holz einen Hamsterkäfig bauen wollte. Die Rahmen brauch ich nicht mehr, denn ich hab ja einen Hamsterkäfig zum Geburtstag geschenkt gekriegt. Das Plastikauto will ich auch nicht mehr haben. Aber hier die Kieselsteine geb ich nicht ab.«
»Kieselsteine kann man doch überall finden«, sagt Tina.
»Aber das sind keine normalen Kieselsteine«, verteidigt sich Jo. »Es sind ganz besondere Kieselsteine.«
»Jetzt erzähl bloß noch, deine Kieselsteine könnten sprechen oder so was«, brummelt Vater.
»Nein, sprechen können sie nicht. Aber die Steine sehen nur aus wie Kieselsteine. In Wirk-

lichkeit sind es Vogeleier von einem Riesenvogel aus der Steinzeit.«

»Jetzt hör auf mit dem Unsinn«, unterbricht Vater ihn. »Du meinst, weil Tina eine verrückte Geschichte von ihrem Reisepferd erzählt hat, müßtest du uns jetzt auch eine Spinnerei auftischen. Und du glaubst, du dürftest dann deine Kieselsteine behalten.«

Jo fängt fast an zu weinen. Er beteuert: »Es sind wirklich Vogeleier vom Riesensteinzeitvogel. Man kann sie sogar ausbrüten. Ich glaub fest daran, und an was man fest glaubt, das ist auch wahr. Da kannst du ja Tina fragen.«

Mutter macht einen Vorschlag. »Laß ihm doch seine Vogeleier aus Kieselsteinen. Er kann sie ja in seinem Zimmer aufbewahren. Da stören sie niemanden.«

»Sag mal, Vater, was ist eigentlich mit deinen Sachen? Liegt von dir nichts in der Küche?« will Tina wissen.

Mutter fragt auch: »Ja, wieso liegen nur Sachen von uns auf dem großen Haufen?«
»Moment! Von mir ist da nur die alte Wohnzimmerlampe«, verteidigt sich Vater.
»Die gehört uns allen«, unterbricht Mutter ihn.
»Und außerdem liegt da noch mein alter Kugelschreiber. Meine Sachen könnt ihr alle wegwerfen.«
Vater macht ein Gesicht, als hätte er soeben den Boxweltmeister mit einem Schlag umgehauen.
»Und was ist mit den Schuhen?« fragt Tina.

Sie zeigt auf ein Paar schwarze Schuhe, die in einer Ecke von Omas Zimmer stehen.
Mutter holt die Schuhe und sagt lachend: »Also, die Schuhe können auch weg. Die hast du das letzte Mal vor elf Jahren getragen, auf unserer Hochzeit. Daß die immer noch da sind!«
»Nein, die Schuhe kann ich noch gebrauchen. Ich kann sie ja bei der Gartenarbeit tragen«, sagt Vater und stellt die Schuhe wieder in die Ecke.
Jo kramt in Omas Schrank herum.
»Hier ist noch was. Eine alte Tabakspfeife. Die bring ich zu den anderen Sachen in die Küche.«
Aber er kommt nur bis zur Tür, da hat Vater ihm die Pfeife schon aus der Hand gerissen.
»Gib bloß meine Pfeife her«, ruft er empört.
»Aber du rauchst doch schon lange nicht mehr«, sagt Tina.
»Egal!« entgegnet Vater. »Die Pfeife ist ein Andenken. Die hab ich schon geraucht, als ich Mutter noch gar nicht kannte. Da wart ihr zwei noch nicht einmal geboren. Und außerdem . . .«
Vater hört mitten im Satz auf zu sprechen. Er macht ein nachdenkliches Gesicht.

Tina, Jo und Mutter sehen sich ratlos an. Keiner sagt ein Wort.

Plötzlich lächelt Vater: »Ich muß mal eben aufs Klo«, sagt er. »Mir ist etwas eingefallen. Wartet, bis ich zurück bin, dann muß ich euch etwas ganz, ganz Wichtiges erzählen.«

Vater humpelt aus dem Zimmer.

»Was ist ihm wohl eingefallen?« flüstert Jo.

»Hoffentlich nichts Schlimmes«, sagt Mutter nachdenklich.

Vaters Geschichte
oder Ein orientalischer Händler erzählt

»Also, das war so«, sagt Vater, als er wieder im Zimmer ist. Und er beginnt:
»Vor vielen Jahren bin ich in die Türkei gefahren. Zu der Zeit war ich noch Student und hatte viel Zeit. Mutter kannte ich noch nicht, und so weit zu reisen, war früher ein richtiges Abenteuer.
In der Türkei gab es viele Basare. Ein türkischer Basar ist so etwas Ähnliches wie bei uns der Wochenmarkt.
Zu einem Basar kommen viele Händler aus dem Orient und bieten ihre Waren an. Auf so einem Basar habe ich diese Pfeife gekauft.
Der Verkäufer war ein alter Mann. Er hatte einen langen, weißen Bart und trug einen Turban. Er sprach ein bißchen Deutsch und hat gesagt: ›Hier Zauberpfeife. Mußte rauchen! In Rauch verschwindet, was du willst.‹
Ich lachte und sagte: ›Eine Zauberpfeife gibt es doch gar nicht.‹

Der Händler zog mich ganz nah zu sich heran und flüsterte mir ins Ohr:
›Doch! Hier Zauberpfeife. Ich will nicht mehr haben. Zu gefährlich! Ich erzähl dir Geschichte von Zauberpfeife.‹
Der Händler trank mit mir zusammen Tee und erzählte die Geschichte:
Vor vielen, vielen Jahren lebte im Osten der Türkei ein Mann mit Namen Ozan.
Ozan war Bauer und baute Tee an.
Zur Mittagszeit schien die Sonne immer besonders heiß, und man konnte nicht arbeiten. Um sich die Zeit zu vertreiben, schnitzte Ozan sich aus der Wurzel eines alten Baumes eine Pfeife. Die Pfeife sah schön aus, und man konnte gut mit ihr rauchen. Ozan war zufrieden.
Eines Mittags lag er im Schatten eines Strauches. Er hatte seine Pfeife gestopft und rauchte. Da hörte er plötzlich hinter sich ein gefährliches Knurren. Er sprang auf und sah drei Wölfe vor sich stehen. Sie fletschten die Zähne und sahen hungrig aus. Ozan wußte, daß er in großer Gefahr war, und rief laut um Hilfe. Aber niemand

konnte ihn hören, denn er war allein auf dem Teefeld.
Die Wölfe knurrten grimmig und versuchten, nach Ozan zu schnappen. Ozan warf mit Steinen nach ihnen. Jedesmal, wenn er einen Wolf traf, sprang der jaulend zur Seite. Aber die anderen beiden Wölfe rückten ein Stück näher, und Ozan hatte Angst, daß sie ihn beißen könnten.
Ich darf nicht hinfallen, dachte er, während er aufgeregt an seiner Pfeife zog. Als er einen Schritt zurückwich, stolperte er und fiel zu Boden. ›Verschwindet, ihr elenden Wölfe!‹ brüllte er, so laut er konnte.
Aber ein Wolf hatte ihn doch schon böse erwischt, sein rechtes Hosenbein war blutverschmiert.
Als er sich aufrichtete, sah er, daß die Wölfe spurlos verschwunden waren. Da hab ich ja noch mal Glück gehabt, dachte Ozan, humpelte nach Hause und erzählte alles seiner Familie.
Damals wußte er noch nicht, daß das Verschwinden der Wölfe etwas mit seiner Pfeife zu tun hatte. Das sollte sich erst ein paar Monate später

herausstellen. Es war Abend, und Ozan saß mit seiner Familie vor dem Haus. Alle hatten gute Laune. Dafür gab es auch einen guten Grund: In den vergangenen Tagen war der erste Tee geerntet worden. Ozan hatte den Tee auf dem Basar zu einem guten Preis verkauft. Jetzt hatten sie für die nächsten Monate genug Geld, um sorglos leben zu können.
Ozan zählte das Geld nun schon zum drittenmal.
›Dafür haben wir alle hart gearbeitet‹, sagte er und steckte sich seine Pfeife an.
›Aber es hat sich gelohnt‹, sagte sein Sohn lachend.
Unerwartet kamen drei Fremde zum Haus.
›Setzt euch, Fremde, und trinkt Tee mit uns‹, bat Ozan. ›Heute gibt es einen Grund zum Feiern. Seid unsere Gäste.‹
Ohne zu antworten, zogen die Männer lange Messer aus ihren Gewändern, einer von ihnen hatte sogar eine Pistole. Er trat einen Schritt vor.
›Wir haben dich auf dem Basar beobachtet‹, sagte er. ›Du hast viel Geld für deinen Tee bekommen. Wir sind dir bis zu deinem Haus

gefolgt und wissen, daß du das Geld noch haben mußt. Gib es uns, dann soll euch nichts geschehen.‹

Ozan zog aufgeregt an seiner Pfeife. Er suchte nach einem Knüppel und rief: ›Verschwindet von

meinem Hof! Wir haben für das Geld drei Monate lang . . .‹
Weiter kam Ozan nicht, denn von den Fremden war nichts mehr zu sehen. Ozan traute seinen Augen nicht.
›Das gibt es doch gar nicht‹, staunte er und schmauchte weiter seine Pfeife. ›Die sind ja spurlos verschwunden!‹
Alle hatten genau gesehen, was passiert war. Ozans Tochter erholte sich als erste von dem Schreck und sagte: ›Die haben sich einfach in Luft aufgelöst. Wie weggezaubert.‹
Ozan paffte seine Pfeife und war sehr nachdenklich. ›Seltsam‹, sagte er, ›das war wie damals bei den Wölfen, wirklich seltsam.‹
›Für das Verschwinden muß es doch eine Erklärung geben‹, überlegte Ozans Sohn laut.
›Ja, eigentlich schon‹, sagte Ozan. ›Ich habe mir gewünscht, daß die Wölfe verschwinden – und sie waren weg. Ich sage den Räubern, sie sollen verduften – und sie lösen sich in Luft auf.‹
›Hast du damals auf dem Teefeld auch geraucht?‹ fragte seine Tochter.

›Ja, habe ich! Wieso?‹
›Dann kann es an der Pfeife liegen.‹
›Du meinst, die Pfeife kann – zaubern?‹ sagte Ozans Sohn zu seiner Schwester.
›Ja, vielleicht!‹ antwortete sie.
›Das wollen wir gleich ausprobieren‹, schlug Ozan vor.
Er paffte ein paar besonders dicke Qualmwolken und murmelte: ›Der Wasserkrug soll verschwinden.‹
Vor ihren Augen löste sich der Wasserkrug in Luft auf und verschwand. Ozan und seine Familie waren sprachlos. Ozans Frau sagte verblüfft: ›Jetzt zaubere den Krug wieder zurück.‹
Ozan paffte wieder und sagte: ›Der Krug soll wieder da sein! Der Wasserkrug soll wieder auftauchen. Ich will, daß der Wasserkrug wieder vor mir steht!‹
Nichts passierte. Der Wasserkrug war weg und blieb weg.
›Schade, die Zauberpfeife kann nur Sachen *weg*zaubern. Wenn sie Sachen *her*zaubern könnte, brauchten wir nicht mehr zu arbeiten. Wir

könnten uns alles herzaubern, was wir wollten.‹
›Totzdem ist es sehr gut, daß wir solch eine Pfeife haben, denn bei Gefahr kann sie sehr nützlich sein‹, sagte Ozan.
Die Pfeife benutzte Ozan noch ein paarmal, um etwas wegzuzaubern; sogar die Steine auf dem Teefeld wünschte er mit der Pfeife einfach weg. Ohne Steine konnte der Tee viel besser wachsen, und Ozan freute sich schon auf die neue Ernte.
Im Frühling passierte dann etwas Schreckliches.
Ozans Onkel kam zu Besuch. Der Onkel wollte die Geschichte von der Zauberpfeife nicht glauben. Er steckte sich die Zauberpfeife gleich an, um sie auszuprobieren.
Nachdem er einige dicke Qualmwolken gepafft hatte, sagte er: ›Ich glaube ja nicht, daß die Pfeife zaubern kann. Aber wenn die Pfeife wirklich zaubern kann, dann will ich auf der Stelle verschwinden und meine . . .‹
Weiter konnte er nicht mehr reden, denn da war er schon verschwunden. An der Stelle, an der der

Onkel gestanden hatte, lag nur noch die Zauberpfeife auf dem Boden.
Ozan und seine Familie suchten den Onkel vergeblich. Er blieb für immer verschwunden. Alle waren sehr traurig, und Ozan sagte: ›Das habe ich nicht gewollt. Ich will die Pfeife nie mehr rauchen.‹

Der orientalische Händler hörte auf zu erzählen und schenkte mir neuen Tee ein. Dann erzählte er weiter:

Bevor Ozan starb, gab er die Pfeife seinem Sohn und bat ihn eindringlich: ›Benutze die Pfeife nur in äußerster Gefahr, du hast ja selbst erlebt, was Schlimmes mit der Pfeife geschehen ist.‹
Ozans Sohn erzählte die Geschichte seinem Sohn, als er ihm die Pfeife gab. Der Sohn gab die Pfeife wieder an seinen Sohn weiter. Und so ist die Pfeife immer weiter gewandert. Ich habe die Pfeife von meinem Vater bekommen. Ich glaube, nach dem tragischen Ereignis hat niemand mehr die Pfeife benutzt.

Ich will sie dir verkaufen, denn sie ist mir zu gefährlich. Ich mache dir einen guten Preis, aber sei vorsichtig, wenn du sie gebrauchst.«

Vater hört auf zu erzählen und kratzt an seinem Gipsfuß herum. Er schaut die anderen erwartungsvoll an und sagt: »So, jetzt wißt ihr, warum ich die Pfeife gekauft habe. Früher habe ich die Pfeife oft ausprobiert, aber verschwunden ist noch nie etwas. Trotzdem ist es eine schöne Pfeife, und ich möchte sie nicht weggeben.«
Tina, Mutter und Jo sind von Vaters Erzählung begeistert.

Wenn sie die Geschichte des orientalischen Händlers glauben, müßten sie doch wissen, daß eine Zauberpfeife Unglück bringen kann. Sie werden bald erfahren, ob ihnen die Pfeife Glück oder Unglück bringt.

Dicke Luft in Omas Zimmer
oder Eine sehr dunkle Angelegenheit

Tina und Jo sind immer noch ganz beeindruckt von der orientalischen Geschichte.
»Wir haben eine richtige orientalische Zauberpfeife!« ruft Tina. »Schade, daß sie nicht wirklich zaubern kann.«
»Du hast die Zauberpfeife ehrlich öfter ausprobiert?« will Jo wissen.
Vater nickt.
»Hat dir der Händler wirklich keinen Zauberspruch verraten? Oder hast du ihn vielleicht nur falsch verstanden?« fragt Jo weiter.
»Ich bin sicher, daß ich den Händler richtig verstanden habe«, antwortet Vater. »Er sprach ein bißchen komisch, das stimmt. Aber ich weiß noch ganz genau, was er gesagt hat.«
Vater bemüht sich, so zu sprechen wie der orientalische Händler. Es hört sich wirklich etwas orientalisch an:

»Hier Zauberpfeife. Mußte rauchen! In Rauch verschwindet, was du willst.«
Jo wird ganz aufgeregt und fragt: »Was hast du denn geraucht?«
»Tabak natürlich«, antwortet Vater.
»Falsch, falsch! Du hast den Händler falsch verstanden. Du hast verstanden: ›Mußte rauchen!‹ Der Händler hat es anders gemeint: ›Muß Tee rauchen!‹ Man muß Tee rauchen und keinen Tabak.«
Tina springt hoch und sagt: »Ja, Jo hat recht. Es klingt ja auch ähnlich: ›Mußte rauchen‹ und ›Muß Tee rauchen‹. Der Mann mit dem Turban hat es nur etwas falsch ausgesprochen. Du mußt es mit Tee probieren. Dann kann die Pfeife bestimmt zaubern.«
»Aber Tee kann man doch nicht rauchen«, sagt Mutter zweifelnd.
»Doch, das geht«, widerspricht Jo. »Voriges Jahr habe ich mit meinem Freund Tee in einer Nikolauspfeife geraucht. Es hat richtig gequalmt. Nur schlecht ist uns geworden. Du mußt es gleich ausprobieren.«

Vater lacht und sagt: »Aber der Händler hat doch bestimmt nur ein bißchen geflunkert, damit ich die Pfeife auch kaufe.«

»Aber versuchen mußt du es wenigstens. Wenn man ganz stark daran glaubt, kann es Wirklichkeit werden«, drängt Tina.

»Na gut«, sagt Vater. »Wir müssen das Fenster schließen und die Rolläden herunterlassen, damit kein Rauch entweichen kann. Die Tür muß selbstverständlich geschlossen sein.«

Jo holt ein Pfund Tee aus der Küche. Tina zündet eine Kerze an. »Das ist geheimnisvoller«, sagt sie. Vater stellt die Kerze vor sich hin. Im Zimmer ist es sehr dunkel. Im schwachen Kerzenlicht kann man gerade noch erkennen, wie Vater die Pfeife stopft.

Mutter, Tina und Jo rücken eng zusammen.

»Wie bei einer Geisterstunde«, flüstert Jo Tina ins Ohr.

Vater zündet die Pfeife an. Dicke Qualmwolken steigen auf.

»Schmeckt gar nicht so schlecht«, murmelt der Vater leise und pafft weiter.

Alle sind ganz still. Man hört nur, wie der Tee knisternd in der Pfeife verbrennt.
»Mir tränen schon die Augen. Ich kann den Rauch nicht vertragen«, sagt Mutter und geht leise aus dem Zimmer.

Jo macht die Tür hinter Mutter schnell wieder zu.
Es ist schon ganz qualmig im Zimmer. Ohne ein Wort zu reden, stopft Vater die Pfeife mit neuem Tee und raucht weiter.
Der Geruch wird fast unerträglich. Jetzt laufen auch Tina und Jo die Tränen aus den Augen.
Vater hustet und sagt: »Ich glaub, es ist genug. Meine Zunge tut schon weh.«
Jo und Tina können durch den Rauch gerade noch erkennen, wie Vater aufsteht.
Vater beginnt mit geheimnisvoller Stimme zu sprechen: »Ich will, daß Mutters Karton mit den alten Gardinen verschwindet.«

    Es qualmt die Pfeife.
    Es stinkt der Tee.
    Karton verschwinde,
    daß keiner dich seh!

Jetzt öffnet Vater das Fenster und zieht die Rolläden hoch. Das helle Licht blendet, und alle können nur blinzeln. Der Rauch zieht schnell ab.
Tina kann als erste wieder richtig sehen.
»Der Karton, der Karton! Er ist weg!« schreit sie und hüpft durch das Zimmer.

»Das gibt es doch gar nicht!« ruft Vater.
Vater weiß nicht, daß er bald noch ganz andere Sachen glauben wird.

Die Zauberpfeife
oder Wo ist der Pappkarton?

»Das müssen wir Mutter erzählen«, brüllt Jo. Er will Mutter holen, aber Mutter kommt schon in Omas Zimmer.
»Warum schreit ihr denn so?« fragt sie neugierig. Sie hält sich die Nase zu. »Hier stinkt es ja fürchterlich«, sagt sie.
»Dein Karton ist weg. Vater hat deinen Karton mit den Gardinen weggezaubert«, sagt Tina aufgeregt.
»So, hat er das? Er hätte mich ja wenigstens erst fragen können«, sagt Mutter.
Vater sieht hilflos aus. Er sagt: »Aber das ist doch alles Unfug. Ich kann doch gar nicht zaubern. Laß mich mal überlegen. Also, bevor ich angefangen habe zu rauchen, haben wir alle hier gesessen, und der Karton war noch da. Dann habe ich geraucht.«
»Und Mutter ist rausgegangen«, ruft Jo dazwischen.

Vater kombiniert weiter: »Ganz genau. Du bist rausgegangen. Von uns hat keiner das Zimmer verlassen. Du mußt den Karton mit den Gardinen aus dem Zimmer genommen haben.«

»Das hab ich nicht«, verteidigt sich Mutter. »Ich habe keinen Karton mit Gardinen aus dem Zimmer getragen.«

»Bestimmt nicht?« fragt Tina.

Mutter stemmt die Hände in die Hüften und wiederholt: »Ich habe keinen Karton mit Gardinen aus dem Zimmer getragen.«

»Dann ist es eine echte Zauberpfeife!« ruft Jo.

Tina nimmt Jo an die Hand. Beide tanzen um Vater herum und singen:

»Vater kann zaubern – mit der Zauberpfeife,
Vater kann zaubern – mit der Zauberpfeife!«

Vater ist ganz durcheinander. Er sucht das ganze Zimmer ab. Vor Aufregung fängt Vater an zu stottern: »Also, wenn – wenn du die Gardinen nicht mitgenommen hat, dann sind sie, sind sie – weg. Dann kann die – die Pfeife wirklich zaubern, kann sie. Und ich – ich habe die Zauberpfeife, habe ich.«

Vater faßt Jo und Tina an der Hand. Er tanzt und singt mit ihnen:

»Vater kann zaubern – mit der Zauberpfeife, Vater kann zaubern – mit der Zauberpfeife!«

Mutter steht in der Tür und sagt lachend: »Aber Vater, ich muß dir ...«

»Stör uns nicht!« ruft Vater. »Vom Zaubern verstehst du nichts.«

Nach einer Weile hört Vater plötzlich mit der Tanzerei auf. »Sag mal«, fragt er Jo. »Wie war das noch mit deinen Kieselsteinen? Entschuldige, ich meine mit deinen Vogeleiern aus der Steinzeit?«

»Das habe ich euch doch schon erklärt«, antwortet Jo. »Die Vogeleier sind von einem Vogel aus der Steinzeit. Ich habe sie gefunden.«

Mutter unterbricht Jo. »Ich glaube, über die Vogeleier unterhaltet ihr euch besser morgen«, sagt sie. »Die Kinder müssen ins Bett. Es ist schon spät.«

»Morgen mußt du uns das mit den Steinzeitvogeleiern ganz genau erzählen«, sagt Tina.

Die Kinder gehen ins Bett. Jo kann gar nicht

einschlafen. Er muß immer an seine Kieselsteine denken.
In dieser Nacht hat er einen Traum, der für ein großes Durcheinander sorgen wird.

Jos Geschichte
oder Eine Zunge tut weh

Am nächsten Nachmittag wird erst einmal aufgeräumt. Vater hat die Kleidungsstücke aus dem Wohnzimmer in zwei große Koffer gepackt. Mutter trägt die Koffer und das Bügeleisen in den Keller.
Jo und Tina werfen die Kleiderbügel und den anderen Kleinkram, der in der Küche liegt, in die Mülltonne vor dem Haus.
Die alte Wohnzimmerlampe paßt nicht in die Mülltonne. Sie ist zu groß.
»Vater kann die Lampe mit seiner Zauberpfeife ja einfach wegzaubern«, schlägt Mutter vor.
»Eine prima Idee!« ruft Vater begeistert. »Wir gehen gleich in Omas Zimmer, sonst stinkt die ganze Wohnung nach verbranntem Tee.«
Jo und Tina finden die Idee auch ganz toll.
Jo sagt: »Abendbrot können wir ja auch in Omas Zimmer essen. Wenn wir alle auf dem Fußboden sitzen, ist es so gemütlich.«

»Und nach dem Zaubern mußt du uns das mit den Steinzeitvogeleiern erzählen«, erinnert Vater ihn.

Alle machen es sich in Omas Zimmer gemütlich, essen und trinken Tee. Nur Vater nicht. Er ißt Haferflocken mit kalter Milch. »Ich kann kein Brot essen, und heißen Tee vertrag ich erst recht nicht. Meine Zunge tut so weh. Ich habe mir gestern bei dem vielen Rauchen die Zunge verbrannt. Sie brennt wie Feuer.« Vater zeigt den anderen seine Zunge.

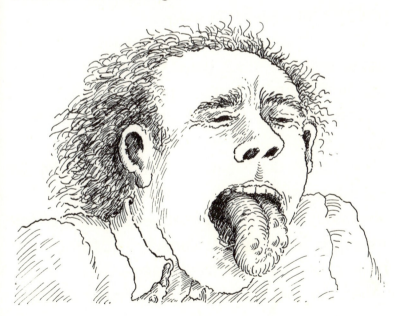

Die Zunge sieht wirklich schlimm aus. Sie ist ganz geschwollen und hat viele rote Pünktchen.
Mutter lacht: »Deine Zunge sieht aus, als wenn du Scharlach hättest.«
»Das finde ich gar nicht lustig«, sagt Vater. Er trinkt schnell einen Schluck kalte Milch, damit die Zunge nicht mehr so weh tut.
Jo bringt Vater die Pfeife.
»Jetzt mußt du aber die Wohnzimmerlampe wegzaubern«, drängelt er.
Tina schließt die Tür. Sie läßt die Rolläden runter und zündet eine Kerze an.
»Da bin ich aber mal gespannt«, sagt Mutter. Sie hat sich ein Kopftuch bereit gelegt, damit sie es vor ihr Gesicht halten kann.
»Dann beißt der Rauch nicht so in der Nase«, erklärt sie.
Vater stopft die Pfeife mit Tee und zündet sie erwartungsvoll an.
Nachdem er zwei-, dreimal gepafft hat, ruft er: »Verflixt! Es geht nicht! Mensch, tut das weh!« Er trinkt hastig einen Schluck kalte Milch.
»Versuch es doch noch einmal«, bittet Tina ihn.

Vater beginnt noch einmal zu rauchen. Plötzlich läßt er die Pfeife fallen und schreit los, das klingt, als hätte ihm ein Elefant auf den dicken Zeh getreten. Er greift nach der Milchtüte und trinkt die Milch direkt aus der Tüte. Ohne ein einziges Mal abzusetzen, trinkt Vater, bis die Milchtüte leer ist.
»Es hat keinen Zweck«, stöhnt er. »Der Rauch brennt zu stark. Das halt ich nicht aus. So bald kann ich nicht wieder rauchen. Erst muß meine Zunge wieder in Ordnung sein.«
»Ist nicht so schlimm«, sagt Tina. »Dann stellen wir die Lampe eben zum Sperrmüll an die Straße. Jo muß uns aber jetzt von den Steinzeitvogeleiern erzählen.«
»Das möchte ich auch gern hören«, sagt Mutter. Sie geht in die Küche und holt kleine Eisstücke aus dem Kühlschrank.
»Hier, Vater, damit kannst du deine Zunge löschen.«
Jo legt die Kieselsteine vor sich auf den Boden und beginnt zu erzählen:
»Diese Vogeleier sind von einem Vogel aus der

Steinzeit. Ich habe sie gefunden. Zuerst habe ich auch geglaubt, es wären normale Kieselsteine. Aber wenn man genau hinsieht, erkennt man, daß es Vogeleier sind. Sie haben die gleiche Form wie Vogeleier. Man kann die Eier sogar ausbrüten. Dann hat man einen Riesensteinzeitvogel.«

»Warum hast du sie denn noch nicht ausgebrütet?« fragt Tina.

»Ich hab's nicht geschafft. Ich bin immer dabei eingeschlafen.«

»Dabei eingeschlafen?« wiederholt Vater, und dann fragt er: »Wie brütet man die Eier überhaupt aus?«

»Das ist gar nicht so einfach«, sagt Jo und erzählt weiter. »Also, nachdem ich die Vogeleier gefunden habe, hab ich sie mit nach Hause genommen.

Nachts hatte ich dann einen seltsamen Traum: Ein großer Vogel hat mich besucht. Er sah braun aus und hatte graue Streifen, genau wie meine Vogeleier.

Der Vogel hat mir erklärt, daß er aus der Steinzeit

ist. Wie man die Vogeleier ausbrütet, hat er mir genau beschrieben:
›Warte auf einen ganz bestimmten Sonntag‹, hat er gesagt. ›Es muß ein Sonntag sein, an dem der

Mond ganz hell scheint. Ich glaube, ihr Menschen nennt solch einen Tag Vollmond. An einem solchen Vollmondsonntag mußt du die Steineier vierundzwanzig Stunden lang im Nest warm halten. Aber du darfst nicht dabei einschlafen, das ist Bedingung. Am nächsten Tag mußt du die Eier unter deinen Federn wärmen. Aber du darfst nicht im Nest bleiben. Die Eier wollen herumgetragen und bewegt werden. Jede angefangene Stunde dieses Tages mußt du kräftig mit den Flügeln schlagen und dabei dreimal laut KIESELDIKRIE rufen. Wenn du all diese Bedingungen genau erfüllst, schlüpft am dritten Tag ein Riesensteinzeitvogel aus dem Ei.‹
Nachdem mir der Vogel alles erklärt hat, ist er weggeflogen. Ich bin dann gleich aufgewacht«, beendet Jo seinen Bericht.
»Sehr interessant«, sagt Vater beeindruckt.
Tina und Mutter finden auch, daß das eine sehr schöne Geschichte ist.
»Ich muß euch noch etwas erzählen«, sagt Jo stolz. »Vorige Nacht habe ich geträumt, daß Vater meine Steinzeiteier ausgebrütet hat.«

Tina wird ganz aufgeregt und ruft: »Ja, Papa, du mußt es versuchen. Du kannst eine Pfeife zaubern lassen, du kannst bestimmt auch Vogeleier ausbrüten.«
Mutter nimmt Vater in den Arm und sagt: »Paß auf, aus dir wird noch mal ein richtiger Zauberer.«
Die ganze Familie Bröselmann geht schlafen.

Heute nacht kann Vater nicht einschlafen.
Er faßt einen verhängnisvollen Plan.

Mutters Geschichte
oder Es geht um die Wurst

Tina und Jo sind in ihren Zimmern.
Vater ist in der Küche. Er backt eine Pizza.
Mutter kommt von der Arbeit nach Hause. »Ich muß euch unbedingt etwas erzählen«, sagt sie. »Ich hätte mich in der Metzgerei fast verplappert.«
»Laß uns doch am besten in Omas Zimmer gehen. Wir können ja die Tür aufstehen lassen, dann kann Vater in der Küche auch zuhören.«
Tina, Jo und Mutter setzen sich in Omas Zimmer.
»Ihr wißt doch«, beginnt Mutter zu erzählen, »daß der Metzgermeister eine riesengroße Nase hat, und darum auch besonders gut riechen kann. Er braucht eine gute Nase, weil er auch riechen muß, ob das Fleisch noch ganz frisch und die Wurst richtig gewürzt ist.
Also – als ich heute morgen in die Metzgerei kam, hat der Metzgermeister gleich gerochen, daß etwas nicht stimmt.

›Sie riechen etwas verbrannt, Frau Bröselmann‹, hat er gesagt.

Ich habe geantwortet: ›Ist ja auch kein Wunder, wenn mein Mann mit seiner Pfeife eine Räucherkammer aus Omas Zimmer macht.‹

›Sie haben eine Räucherkammer zu Hause?‹ hat der Metzgermeister neugierig gefragt.

Plötzlich fiel mir ein, daß ich dem Metzgermeister besser nichts von Vaters Zauberpfeife erzählen sollte. Sonst wüßte es morgen die ganze Stadt. Vielleicht probiert Vater die Zauberpfeife erst noch einmal aus, bevor wir sie jemandem zeigen.«

»Das war gut, daß du es nicht verraten hast!« ruft Vater aus der Küche. »Bevor wir jemandem etwas von der Zauberpfeife erzählen, will ich erst noch etwas anderes versuchen. Vielleicht können wir den Leuten dann bald noch viel tollere Sachen als die Zauberpfeife zeigen. Ich habe mir nämlich heute nacht etwas überlegt.«

»Laß mich doch erst mal zu Ende erzählen«, unterbricht Mutter ihn und erzählt weiter:

»Also – ihr kennt ja den Metzgermeister. Er ließ

nicht locker und wollte alles von der Pfeife und dem Rauchen wissen. Er hat mir tausend Löcher in den Bauch gefragt: ›Hat Ihr Mann Fisch oder Wurst geräuchert? Können Sie nicht mal eine selbstgeräucherte Wurst mitbringen? Kann man Wurst mit Pfeifentabak räuchern? Schmeckt eine Wurst, die mit Tee geräuchert wurde, nach Teewurst?‹

Damit der Metzgermeister endlich aufhörte zu fragen, habe ich einfach eine Geschichte erfunden.

Ich habe ihm erzählt, wie die Wurst erfunden wurde.

›Das interessiert mich sehr‹, hat er gesagt. ›Schließlich bin ich Fachmann für gute Würste.‹«

Vater hat den Pizzateig in den Backofen geschoben. Er kommt jetzt auch in Omas Zimmer und hört Mutters Geschichte.

»Vor ungefähr dreihundert Jahren gab es noch keine Wurst. Früher waren die meisten Menschen Bauern. Sie haben ihre Felder bestellt, und wenn sie Fleisch essen wollten, haben sie eine Kuh oder ein Schwein geschlachtet.

Einer von den vielen Bauern hieß Hans Wurst. Er wohnte in Sterkrade, einem kleinen Dorf. Er fand es langweilig, immer nur Gemüse, Fleisch und Brot zu essen.
Eines Tages hat er einfach mal etwas ausprobiert. Er ist in die Waschküche gegangen, weil da ein großer Kübel stand, in dem sonst die Wäsche gekocht wurde.
In der Waschküche hat er viel Fleisch kleingehackt und in den großen Waschkessel getan. Unter dem Kessel hat er ein Holzfeuer entfacht und das klitzeklein gehackte Fleisch mit etwas Wasser und ein paar Gewürzen lange kochen lassen.
Nach ein paar Stunden blubberte ein dicker Fleischbrei im Kessel.
Zufällig hingen in der Waschküche gerade die Socken von Familie Wurst zum Trocknen auf der Wäscheleine. Einer von den Socken ist Hans Wurst in den Fleischbrei gefallen, gerade als er zum letzten Mal umrühren wollte.
Hans Wurst hat den Socken gleich herausgeangelt. Der Socken sah ganz komisch aus. Er war

prall gefüllt mit dem Fleischbrei. Hans Wurst hat gelacht und ist mit dem Socken in die Küche gelaufen.

›Seht mal, was für einen komischen Socken ich hier habe!‹ rief er.

Seine Frau und die Kinder fanden den gefüllten Socken auch komisch.

Hans Wurst ging zurück in die Waschküche, um den Fleischbrei aus dem Socken wieder in den Kessel zu schütten.

Aber was war denn das? Der Fleischbrei im Socken war abgekühlt und fest geworden. Er ließ sich nicht mehr aus dem Socken schütteln.

›Dann essen wir ihn eben aus dem Socken‹, sagte Hans Wurst. Er hat den Fleischbrei vorsichtig aus dem Socken gepellt.

Vor ihm lag ein komisches Fleischgebilde. Davon hat sich Hans Wurst eine Scheibe abgeschnitten und probiert.

›Sieht komisch aus, aber schmeckt lecker. Und praktisch ist es auch. Man kann die Scheiben sogar auf ein Butterbrot legen.‹

Hans Wurst hat dann die anderen Socken auch

alle mit dem Fleischbrei gefüllt und zum Abkühlen wieder auf die Wäscheleine gehängt.
Auch die Nachbarn von Hans Wurst probierten den Fleischbrei aus den Socken und waren begeistert. Bald hat das ganze Dorf gekochten Fleischbrei in Socken abgefüllt.
In den Nachbardörfern und Städten sprach man nach einiger Zeit von dem bekannten, leckeren STERKRADER SOCKENFLEISCH.
Die Familie Wurst hatte bald keine Socken mehr zum Anziehen, weil in allen immer Fleischbrei abgefüllt wurde.
Hans Wurst hatte eine neue Idee.
Er füllte den Fleischbrei nicht mehr in einen Socken, sondern in einen Schweinedarm. Jetzt brauchte man das Fleisch nicht mehr aus dem Darm herauszupellen, sondern konnte gleich hineinbeißen.
Jedesmal, wenn man in den festen Fleischbrei biß, machte es laut KNACK. Das war ein schönes Geräusch.
Die Sterkrader Nachbarn haben ihren Fleischbrei dann auch in Schweinedärme gefüllt, weil es

praktisch war und so schön knackte. Der Name STERKRADER SOCKENFLEISCH paßte jetzt nicht mehr. Und weil Hans Wurst als erster die Idee mit dem Fleischbrei und dem Darm hatte, nannten die Leute dieses Fleisch einfach KNACK-WURST.
So wurde die erste Knackwurst erfunden. Hans Wurst hat noch viele Knackwürste gemacht.
Eines Tages war sein Großvater mit seiner Pfeife in der Waschküche und sah ihm bei der Arbeit zu. Während Hans die Würste zum Abkühlen auf die Wurstleine hängte, rauchte der Großvater, daß es nur so qualmte. Am nächsten Morgen schmeckten die Würste irgendwie nach Rauch. Das war lecker, und so war schon die zweite Wurst erfunden: die RAUCH-WURST.
In Zukunft wurden öfter Rauchwürste gemacht. Alle Erwachsenen mußten dann in der Waschküche sitzen und den ganzen Tag lang rauchen. Durch das viele Rauchen brannten den Leuten ihre Zungen. Deshalb haben sie beim Wursträuchern Bier getrunken. Weil zufällig mal eine dabei ins Bier gefallen ist, gab es wieder eine

neue Wurst: die BIER-WURST. Und die schmeckte auch nicht schlecht.

Im Laufe der nächsten Jahre wurden immer mehr Wurstsorten erfunden.

Einmal war der Fleischbrei zu fest, weil er fast trocken gekocht war. Der Brei ließ sich schlecht in den Darm pressen. Er war richtig bockig. Seitdem gibt es die BOCK-WURST.

In ganz Deutschland machte man jetzt Wurst, sogar im Ausland begann man Würste zu kochen. Den Leuten in Wien waren die kurzen, dicken FRANKFURTER WÜRSTCHEN nicht fein genug. Sie wollten den Mund beim Essen nicht so weit aufmachen. Also stellten sie lange, dünne WIENER WÜRSTCHEN her.«

Mutter macht eine kurze Pause und steckt sich ein Stück Schokolade in den Mund. Dann sagt sie: »Der Metzgermeister war jedenfalls begeistert von meiner Geschichte. Er hat vor Begeisterung nicht mehr nach Vaters Pfeife gefragt.

›Eine sehr interessante Geschichte‹, hat er gesagt. ›Von Sterkrader Sockenfleisch habe ich noch etwas nie gehört.‹«

Vater steht auf. »Riecht ihr etwas?« fragt er. »Ich glaube, wir können essen.«
Vater geht an den Backofen, holt eine dampfende Pizza heraus und stellt sie auf den Tisch.
»Was sagt ihr dazu?« fragt er stolz.

Vaters Entschluß
oder Eine Pizza wird kalt

Die Pizza schmeckt allen gut. Vater muß warten, bis sein Stück nicht mehr so heiß ist, weil seine Zunge immer noch weh tut.
Während die anderen essen, humpelt Vater ins Schlafzimmer. Als er zurückkommt, hat er einen großen Wandkalender mitgebracht. Er setzt sich wieder an den Tisch und bohrt den Zeigefinger in seine Pizza.
»Noch zu heiß«, sagt er und zieht den Finger schnell wieder zurück. Dann hält er den Kalender hoch und sagt: »Hier steht alles ganz genau drin.«
Mutter versteht nicht und fragt: »Was steht da drin?«
»Na, die Tage, an denen Vollmond oder Halbmond ist«, erklärt Vater.
Tina und Jo wissen, was Vater meint.
Tina fragt: »Hast du einen Sonntag gefunden, an dem Vollmond ist?«

»Hab ich«, sagt Vater.« Wir haben Glück. In diesem Jahr gibt es nur zwei Sonntage, an denen Vollmond ist. Der letzte Vollmondtag war vorige Woche Freitag, am 17. September. In ungefähr drei Wochen, genau gesagt am 17. Oktober, ist Vollmond genau an einem Sonntag.«
Jo ist begeistert.
»Dann willst du also wirklich versuchen, die Vogeleier auszubrüten?« fragt er.
Vater nickt bedeutungsvoll und sagt: »Ja, ich habe es mir heute nacht genau überlegt. Zuerst habe ich ja nicht daran geglaubt, aber versuchen kann ich es ja. Schließlich hat es mit der Zauberpfeife ja auch geklappt.
Die Sache hat nur einen Haken.
Nächste Woche Freitag wird der Gips abgenommen, und dann muß ich wieder in die Schule.«
»Freu dich doch, wenn du keinen Gipsfuß mehr hast, dann kannst du wieder richtig laufen«, sagt Mutter.
Vater macht ein nachdenkliches Gesicht und sagt: »Ich freu mich ja auch, aber ohne Gipsfuß gibt's ein Problem. Kennst du die Bedingungen

nicht mehr, die der Steinzeitvogel Jo gestellt hat? Er hat gesagt, daß man die Steineier einen ganzen Vollmondsonntag lang im Nest wärmen muß, ohne einzuschlafen. Mit Nest hat er sicher ein warmes Bett gemeint. Wenn ihr mir helft, schlaf ich bestimmt nicht ein.

Am nächsten Tag muß man die Eier bei sich tragen und jede angefangene volle Stunde herumhüpfen und laut KIESELDIKRIE rufen.

Dieser Tag ist ein Montag. Montags muß ich in die Schule. Ich kann doch nicht im Unterricht auf

einem Bein hüpfen und laut KIESELDIKRIE rufen. Das ist schwierig.«
»Das mit dem Hüpfen und Rufen kriegst du schon hin. Du kannst ja jede Stunde einmal aufs Klo gehen«, sagt Tina. Sie steht auf und hüpft auf einem Bein durchs Zimmer.
Dabei schlägt sie wild mit ihren Armen wie ein fliegender Vogel und singt:
>»Kieseldikrie, Kieseldikro,
Vater hüpft und ruft auf dem Klo!
Kieseldikrie, Kieseldikra,
ein Steinzeitvogel ist bald da.
Kieseldikrie, Kieseldikreck,
Vater zaubert die Schule weg!«
Jo fängt an zu hüpfen und singt mit.

Vaters Pizza ist jetzt kalt geworden, so daß er sie essen kann, ohne daß ihm die Zunge weh tut.
In drei Wochen soll es richtig losgehen mit dem Brüten, darin sind sich alle einig.

Die nächsten drei Wochen verlaufen ziemlich normal.

Vaters Gips wurde abgenommen, und er muß erst ein bißchen üben, wieder richtig zu laufen. Inzwischen geht er wieder zur Schule. Seine Zunge tut auch nicht mehr so weh.
Der Metzgermeister ist immer noch neugierig, aber Mutter und die Kinder haben ihm nichts von der Zauberpfeife und den Steinzeiteiern erzählt. Das ist ihr Geheimnis.
Omas alte Kleider und das Bügeleisen haben sie ins Altersheim gebracht. Manche von den Kleidern haben die Leute gebrauchen können.
Heute nacht, genau um zwölf Uhr, will Vater beginnen, die Kieselsteineier auszubrüten.

Der Brutplan
oder Eine lange Nacht

Vater hat sich in Omas Zimmer aus Matratzen und Kissen ein Bett gebaut. Tina und Jo haben rund um das Bett ein paar Wolldecken gespannt. Das Ganze sieht aus wie eine Höhle oder ein Nest aus Decken.
»Hier kann ich gut brüten«, hat Vater gesagt.
Vater schläft. Er hat sich gleich nach der Tagesschau hingelegt. Er will ein bißchen auf Vorrat schlafen, damit er es wirklich schafft, achtundvierzig Stunden nicht einzuschlafen.
Auch Jo und Tina haben etwas geschlafen. Jetzt sitzen sie mit Mutter im Wohnzimmer.
»Wie spät ist es?« fragt Tina.
»Halb zwölf«, antwortet Mutter. »Wir können Vater noch gut zehn Minuten schlafen lassen, dann müssen wir ihn wecken.«
Jo hat vor sich einen Wecker stehen. Er vergleicht die Zeit mit der Wohnzimmeruhr.
»Stimmt genau«, sagt er und zieht den Wecker

wieder auf. Dann geht er mit Tina und Mutter noch einmal den Plan durch, den alle zusammen aufgestellt haben.

Brutplan für Steinzeitvogeleier

Samstag, 16. Oktober

20.15 Uhr   Brüter (Vater) geht schlafen
23.30 Uhr   Wachhaltemannschaft (Mutter, Tina, Jo)
             prüft Liste, ob alles klar ist.
Liste: 1 Wecker (genaue Zeit)

über stark → 5 Liter Kaffee (nicht zu heiß!!!)
             6 Wurstbrötchen mit <u>sehr</u> scharfem Senf
             1 Sicherheitsbrötchen (nur mit Senf
             und Pfeffer)   *Kalle Blomquist!!*
             1 Buch mit Gruselgeschichten

mit Eiswürfeln → 1 nasser Waschlappen (eiskalt)
             1 Trillerpfeife
             1 Sicherheitspaket (nur im Notfall öffnen)
                im Sicherheitspaket sind:
                    1 Käse (<u>stark</u> riechend)
                    1 Tüte Niespulver
                    2 × Tüten Juckpulver

23.45 Uhr   Brüter wecken

23.59 Uhr   Kitzelcountdown
24.00 Uhr   Beginn der <u>ersten</u> Teilbrütung !!!

Sonntag, 17. Oktober (Vollmond)

0.00 Uhr   Der Brüter liegt die nächsten 24 Stunden im warmen Nest und brütet
                 Wachhaltewache: Jo Bröselmann
2.00 Uhr   Wachhaltewache: Tina Bröselmann
3.00 Uhr   Wachhaltewache: Mutter Bröselmann
4.00 Uhr   Wachhaltewache: Jo
5.00 Uhr   Wachhaltewache: Tina
6.00 Uhr   Wachhaltewache: Mutter
7.00 Uhr   Wachhaltewache: Jo   schööö.
8.00 Uhr   gemeinsames Frühstück für alle
10.00 – 24.00 Uhr   Wachhaltewache je nach Müdigkeit von einem der Wachhaltemannschaft
                 Kochdienst: Jo und Tina
24.00 Uhr   Beginn der <u>zweiten</u> Teilbrütung !!!

Montag, 18. Oktober

0.00 Uhr	Brüter noch im Nest
	Wachhaltewache: alle
1.00 Uhr	Brüter hüpft auf einem Bein, flattert mit den Flügeln und ruft dreimal laut:

sehr wichtig →
<u>KIESELDIKRIE
Brüter darf jetzt nicht mehr ins Bett zurück, sondern muß die nächsten 24 Stunden immer in Bewegung bleiben</u>

	Wachhaltewache: Jo
2.00 Uhr	Brüter hüpft, flattert und ruft
	Wachhaltewache: Mutter
3.00 Uhr	Brüter hüpft, flattert und ruft
	Wachhaltewache: Mutter
4.00 Uhr	Brüter hüpft, flattert und ruft
	Wachhaltewache: Tina
5.00 Uhr	Brüter hüpft, flattert und ruft

	Wachhaltewache: Tina
6.00 Uhr	Brüter hüpft, flattert und ruft
	Wachhaltewache: Jo
7.00 Uhr	Brüter hüpft, flattert und ruft
7.15 Uhr	gemeinsames Frühstück
8.00 - 24.00 Uhr	der Brüter ist immer in Bewegung und hält sich an die Brutregel: jede Stunde hüpfen, flattern und rufen <u>(auch in der Schule)</u> !!
ab 22.00 Uhr	gemeinsame Wache bis zum Ausschlüpfen des Riesenvogels

um 24.00 Uhr !!!

Tina und Jo prüfen die Liste.
»Jetzt wecken wir Vater. Wir haben alles, was auf der Liste steht«, sagt Tina.
Mutter steckt das Notfallpaket in eine Plastiktüte. Sie verklebt die Tüte mit Heftpflaster, damit man den Käse nicht riecht. Alle gehen in Omas Zimmer und wecken Vater. Um 23.59 Uhr beginnt pünktlich der Kitzelcountdown. Tina und Jo kitzeln Vater eine Minute lang richtig durch.
Vater kriegt vor Lachen kaum noch Luft. Jetzt ist er richtig wach. Die Kieselsteineier hat er sich auf den Bauch gelegt, damit sie unter der Bettdecke schön warm bleiben.
Alle geben Vater noch einmal gute Ratschläge zum Wachbleiben.
Tina sagt: »Hier hast du ein dickes Kopfkissen. Wenn du mal zum Klo mußt, drückst du dir das Kissen auf den Bauch, damit die Steinzeiteier nicht kalt werden.«
Mutter und Tina gehen schlafen. Jo hält die erste Wache, wie es auf dem Plan steht.
Als Tina im Bett liegt, ist sie noch ganz aufgeregt. Sie denkt: Vater hat drei Steinzeiteier mit ins Bett

genommen. Vielleicht schlüpfen sogar drei Vögel aus.

Kaum ist sie eingeschlafen, wird sie schon von Jo wachgerüttelt.

»He, aufwachen! Es ist schon zwei Uhr. Du bist dran mit Wache halten.«

Tina ist gleich hellwach.

»Alles klar?« fragt sie.

»Alles klar!« sagt Jo und geht in sein Zimmer. Er ist sehr müde.
Tina geht gleich zu Vater. Er liegt im Bett und sieht eigentlich ganz munter aus. Er bittet Tina: »Gib mir doch etwas Kaffee und eins von den Wurstbrötchen. Aber kratz bitte den Senf runter, der ist mir zu scharf.«
Vater liest Tina eine Gruselgeschichte vor.
Die Geschichte ist so spannend, daß beide nicht merken, wie die Zeit vergeht. Als die Geschichte zu Ende ist, sieht Tina auf die Uhr.
»Oje, schon halb vier! Mutter hätte ja längst Wache halten müssen«, ruft Tina.
»Macht doch nichts«, beruhigt Vater sie. »Hauptsache, ich bin nicht eingeschlafen. Morgen muß ich aber besser auf die Zeit achten, denn ich muß pünktlich zu jeder Stunde hüpfen. Am besten, du weckst jetzt Mutter auf.«
Tina weckt Mutter und geht dann gleich ins Bett. Sie schläft bald ein.
Auch Jo schläft fest. Er träumt, er säße auf dem Rücken eines riesigen Vogels. Der Vogel fliegt mit ihm über die Stadt. Die Häuser sehen aus der

Luft so klein aus wie die Häuser auf seiner Eisenbahnplatte. Plötzlich fliegt der Vogel im Sturzflug nach unten. Jo klammert sich an den Federn fest. Der Fahrtwind saust ihm um die Ohren. Er will um Hilfe rufen. – Wir stürzen ab! – Jo reißt die Augen auf. Er liegt vor seinem Bett. Im Zimmer ist es schon hell.

Ein einziger Gedanke schießt ihm durch den Kopf: Ist Vater eingeschlafen?
Er stürzt in Omas Zimmer.
»Psst! Leise!« flüstert Vater. Er liegt noch im Bett. Neben ihm liegt Mutter, sie ist eingeschlafen.
»So ein Mist!« ruft Jo und stampft vor Wut mit dem Fuß auf.
»Reg dich doch nicht auf«, sagt Vater. »Ich bin ja wachgeblieben. Mutter ist gerade erst eingeschlafen. Ich habe ihr gesagt, sie kann ruhig schlafen. Jetzt wo es hell ist, schlaf ich nicht mehr ein. Aber Hunger hab ich. Geh doch und mach Frühstück für uns alle.«
Um zehn Uhr sitzen alle an Vaters Bett und frühstücken.
Der zweite Tag verläuft wie geplant.
Mutter, Tina und Jo legen sich abwechselnd schlafen, und bald ist es vierundzwanzig Uhr.
Vater ist die ganze Zeit wachgeblieben.
Der erste Teil der Bedingungen ist erfüllt.
Um ein Uhr nachts steht Vater auf und hüpft das erste Mal laut rufend durch die Wohnung.

Alle haben gute Laune. Tina und Jo hüpfen mit. Vater zieht sich an. Er steckt die warmen, angebrüteten Steineier in seine Hosentasche und sagt: »So, den ersten Teil hätten wir geschafft. Jetzt beginnt der zweite Teil, da wird es schwieriger. Denn wir müssen uns genau an den Zeitplan halten.«

Vater sieht auf den Zettel mit Brutplan für Steinzeitvogeleier.

»Jo, du hast die erste Wache bis zwei Uhr. Ihr geht besser jetzt schlafen, damit ihr mich ans pünktliche Hüpfen erinnert. Ich bin nämlich total müde.«

Mutter und Tina gehen schlafen.

»Das wird ein aufregender Tag morgen«, sagt Tina.

Sie weiß nicht, daß sie recht behalten wird.

Die zweite Teilbrütung
oder Ein frühes Frühstück

Es ist genau 4.20 Uhr. Tina hat jetzt Wachhaltewache. Vater läuft in Omas Zimmer hin und her. Er hat pünktlich um vier Uhr das letzte Mal geflattert. Damit die Nachbarn nicht gestört werden, ist er zum Hüpfen und Rufen in den Keller gegangen.

Vater gähnt und sagt: »Ich hätte nicht gedacht, daß es so anstrengend ist, zwei Nächte lang wach zu bleiben. Hoffentlich schlafe ich nachher in der Schule nicht ein.«

»Das schaffst du schon«, muntert Tina ihn auf. »Ich koch dir noch eine Kanne Kaffee.«

»Nein, bloß keinen Kaffee! Ich kann keinen Kaffee mehr sehen. Mach uns lieber schwarzen Tee«, sagt Vater und gähnt schon wieder.

Tina kocht starken Tee. Sie preßt drei Zitronen aus und gibt den Saft dazu.

Als Vater den Tee trinkt, verschluckt er sich und hustet.

»Was ist denn das für ein Teufelsgebräu?« ruft er erschrocken.

»Ich hab den Tee ein bißchen sauer gemacht, damit du wach bleibst«, sagt Tina lachend. »Es ist nämlich gleich fünf Uhr, und du mußt hüpfen.«

Vater geht zum Hüpfen und Rufen wieder in den Keller.

In der nächsten Stunde fällt es auch Tina schwer, nicht einzuschlafen. Vater kann sich kaum noch auf den Beinen halten. Er will sich immer wieder kurz hinsetzen.

Darum weckt Tina Jo schon eine Viertelstunde früher, als auf dem Plan steht. Jo hat eine tolle Idee.

»Ich hab noch einen Silvesterknaller vom vorigen Jahr«, sagt er. »Den können wir jetzt gut gebrauchen.«

Tina geht zurück zu Vater. Sie kommt gerade rechtzeitig, denn Vater hat sich schon wieder hingesetzt.

Um zwei Minuten vor sechs schleicht sich Jo in Omas Zimmer. Schon in der Küche hat er den Knaller angesteckt.

Der Knaller explodiert mit einem Riesengetöse. Vater springt vor Schreck hoch und fängt gleich an zu hopsen.

»Du mußt rufen, Vater«, brüllt Tina.

»Und mit den Armen schlagen«, erinnert Jo ihn.

Von dem Knall ist auch Mutter wach geworden. Sie ist hochgeschreckt und kommt ins Zimmer gerannt.

»Was ist denn hier passiert?« ruft sie.

Tina zeigt auf den zerplatzten Kracher. »Jo hat Vater wachgeknallt«, erklärt sie lachend.

»Das ist gefährlich, Jo. Ihr habt Glück gehabt, daß nichts passiert ist. So viel Aufregung und dann vor dem Frühstück!«

»Ich kann ja schon mal Frühstück machen«, sagt Tina und geht in die Küche.

Jo sammelt die Papierschnipsel vom Kracher auf.

»Mutter hat recht,« sagt Vater. »Einen Knaller darf man nicht in der Wohnung anzünden. Da kann das ganze Zimmer in Brand geraten.«

»Ich hab nicht drüber nachgedacht«, gibt Jo zu. »Ich mach's auch bestimmt nicht wieder.«

Die Familie Bröselmann setzt sich an den Küchentisch und frühstückt. Zwischendurch hüpft und ruft Vater pünktlich um sieben Uhr. Er setzt sich wieder an den Tisch und sagt: »Ich habe mir ausgerechnet, daß ich in der Schule genau viermal hüpfen und rufen muß. Hoffentlich klappt es.«

Tina steht auf und geht in den Flur.
Von den anderen bemerkt keiner, daß sie an Vaters Anzugjacke herumfummelt.

Was sie mit der Jacke macht, wird Vater im Laufe des Vormittags noch zu spüren kriegen.

Die lustige Turnstunde
oder Ein neugieriger Hausmeister

Um viertel vor acht fährt Vater mit dem Auto los. Die Schule beginnt um acht Uhr. Vater parkt den Wagen nicht weit von der Schule neben einem dichten Gebüsch.
Um acht Uhr steigt er aus und hüpft auf einem Bein über den Bürgersteig. Er schlägt wild mit den Armen und ruft dreimal laut: KIESELDIKRIE.
»So, geschafft«, sagt er vor sich hin und rennt zur Schule. Unterwegs spürt er ein komisches Jukken auf dem Rücken. Das juckt bestimmt, weil ich zu wenig geschlafen habe, denkt er.
Am Schuleingang trifft er den Direktor.
»Na, Herr Bröselmann, sechs Minuten zu spät heute«, sagt der Schulleiter vorwurfsvoll.
»Entschuldigung, ich habe verschlafen«, lügt Vater und muß dabei sogar wirklich gähnen.
»So geht das aber nicht«, nörgelt der Direktor.
»Ein Lehrer muß Vorbild sein für seine Schüler. Jetzt aber schnell in den Unterricht.«

In den ersten zwei Stunden muß Vater in der vierten Klasse Deutsch unterrichten.
Weil Vater so müde ist, läßt er die Kinder einfach einen Aufsatz schreiben.
Thema: Woran kann man erkennen, daß es Herbst ist?
Die Kinder sind nicht begeistert.
»Es ist ja nur eine Übung und keine Klassenarbeit«, beruhigt Vater sie und kratzt sich den Rücken.
Vaters Rücken juckt wirklich fürchterlich.
Das Jucken kann doch nicht nur von meiner Übermüdung kommen, überlegt er.
Plötzlich fällt es ihm ein. Zu Hause muß jemand das Sicherheitspaket geöffnet haben. Irgend jemand hat ihm Juckpulver in die Jacke gestreut.
Fast hätte Vater laut gelacht. Er denkt: Gar keine schlechte Idee mit dem Juckpulver. Hauptsache, ich vergeß nicht, pünktlich zu hopsen.
Um fünf vor neun entschuldigt sich Vater bei den Kindern.
»Ich muß mal eben etwas erledigen. Schreibt nicht ab und macht bitte keinen Lärm.«

Auf dem Flur begegnet Vater dem Hausmeister.
»Guten Morgen, Herr Bröselmann. Ist Ihnen nicht gut? Sie sehen so abgespannt aus. Und wie geht es Ihrem Fuß? Haben Sie keine Beschwerden mehr?« erkundigt sich der Hausmeister.
»Nein, nein«, sagt Vater knapp. »Alles in Ordnung, ich muß nur ganz dringend etwas erledigen.«
Vater läuft im Eilschritt zum Klo.
Der hat mir gerade noch gefehlt, denkt er.
Auf dem Klo schließt Vater sich ein. Er fängt gleich an zu hüpfen und zu schlagen. Es ist ein bißchen eng hier, aber es geht. Zum Schluß ruft Vater noch dreimal laut KIESELDIKRIE. Dann läuft er gleich wieder los in Richtung Klassenzimmer.
»Herr Bröselmann, Herr Bröselmann!« – Schon wieder der Hausmeister. »Herr Bröselmann, haben Sie das auch gerade gehört?«
»Ich habe nichts gehört«, sagt Vater und geht weiter.
Der Hausmeister macht ein nachdenkliches Gesicht und sagt: »Komisch, ich meine, ich hätte

jemanden ganz laut schreien hören. Es klang wie: Kitzel mich nie! – oder so ähnlich. Wirklich komisch.«

Vater ist wieder im Klassenraum.
Das ist ja noch einmal gutgegangen, denkt er.

Nach der großen Pause geht er in die Turnhalle, denn in der dritten und vierten Stunde gibt Vater Sport.
Es ist drei Minuten vor zehn. Die Kinder haben sich schon ihr Sportzeug angezogen.
Vater gibt Anweisungen. »Wir machen heute eine neue Turnübung. Ihr hüpft auf einem Bein und schlagt dazu mit euren Flügeln, ich meine mit euren Armen, wie ein Vogel. Ich mach es euch vor.«
Vater hüpft durch die Turnhalle. Die Kinder hüpfen und schlagen mit den Armen, genau wie ihr Lehrer.
Vater schaut auf seine Armbanduhr. – Jetzt! – Er ruft ganz laut: KIESELDIKRIE KIESELDIKRIE KIESELDIKRIE.
Die Kinder lachen sich halb tot und fangen auch an zu rufen.
Anschließend zeigt Vater ihnen eine andere Übung: die Rolle vorwärts. Vater erklärt ihnen,

daß sie es machen sollen wie die Affen im Zoo.
Die Kinder üben die Rolle vorwärts und brüllen dabei wie die Affen.
Um Punkt elf läßt Vater die Kinder noch einmal hüpfen und flattern wie ein Vogel.
»Das war heute aber eine lustige Turnstunde«, sagt eines der Kinder.
Keiner hat was gemerkt, denkt Vater. Jetzt noch einmal um zwölf Uhr, dann habe ich es geschafft und kann zu Hause weiterhüpfen.

In der fünften Unterrichtsstunde gibt Vater in der dritten Klasse Deutsch.
Er kratzt sich während der ganzen Stunde den Rücken.
Um fünf Minuten vor zwölf muß Vater wieder mal etwas erledigen.
Als er vor dem Lehrerklo steht, ist es besetzt.
»So ein Mist«, sagt Vater. Er überlegt kurz und rennt dann zum Schülerklo.
»Da ist sowieso mehr Platz«, sagt er vor sich hin.
»Wo ist mehr Platz?« fragt eine Stimme hinter ihm.

Vater dreht sich erschrocken um. Hinter ihm steht der Hausmeister.

»Ich habe nichts gesagt«, sagt Vater kurz und läuft weiter in Richtung Schülerklo.

Der Hausmeister macht ein verdutztes Gesicht und sagt: »Aber Herr Bröselmann, Sie haben doch gerade . . .«

Weiter kommt er nicht, denn da ist Vater schon um die Ecke gebogen und ist nicht mehr zu sehen. Vater hat es sehr eilig. Es ist schon zwanzig Sekunden vor zwölf.

Endlich! Vater ist beim Klo angekommen. Sofort fängt er im Vorraum an, auf einem Bein zu hüpfen, und flattert wild mit den Armen. Immer hin und her. Jetzt ist es genau zwölf. Vater ruft: KIESELDIKRIE KIESELDI . . .

»Herr Bröselmann! Was machen Sie denn da?«

Vater erschrickt fürchterlich.

Es läuft ihm eiskalt über den Rücken, und er hat ein Gefühl, als hätte ihm ein Pferd in den Bauch getreten.

In der Eingangstür steht der Hausmeister mit weit aufgerissenen Augen.

Vater weiß nicht, was er sagen soll.
»Herr Bröselmann! Warum hüpfen Sie hier herum und schlagen wie verrückt mit den Armen? Und was haben Sie da eben gerufen? Ich meine, ich hätte das heute morgen schon einmal gehört!«
Vater weiß immer noch nicht, was er sagen soll. Noch bevor ihm etwas einfällt, ist der Hausmeister schon auf den Flur zurückgelaufen.
Vater hört nur noch, wie der Hausmeister sagt: »Das muß ich dem Direktor melden.«
Vater fühlt sich schlecht. Ihm wird ganz schwindelig.
Mit torkelnden Schritten geht er zurück in seinen Klassenraum. Kaum sitzt er hinter seinem Lehrerpult, klopft es, und der Direktor steht in der Tür. Der Direktor sagt: »Kinder, ihr könnt nach Hause gehen. Herr Bröselmann muß zu einer dringenden Besprechung ins Lehrerzimmer.«
Vater wartet, bis die Kinder aus der Klasse sind. Er bleibt noch einen Moment sitzen und überlegt.

Was soll er dem Direktor sagen?!

Vater in Not
oder Eine neue Geschichte

Vater sitzt im Lehrerzimmer.
Vor ihm steht der Direktor. Er rauft sich die Haare und sagt: »Herr Bröselmann, hören Sie doch auf, sich ständig zu kratzen. Sie müssen uns doch eine Erklärung für Ihr Verhalten geben können.«
Bevor Vater etwas sagen kann, erzählt der Hausmeister zum drittenmal dasselbe. »Ich habe es genau gesehen. Er hat mit den Armen geschlagen, als ob er fliegen wollte. Und ›Kitzel mich nie‹ hat er gerufen. Ich habe es genau gehört.«
»Jetzt lassen Sie Herrn Bröselmann doch mal reden«, unterbricht der Schulleiter ihn, gerade als der Hausmeister alles zum viertenmal erzählen will.
»Herr Bröselmann, bitte.«
Vater fühlt sich immer noch schlecht. Er holt die Vogeleier aus seiner Tasche und beginnt zu erzählen.
»Also, ich wollte diese Vogeleier ausbrüten.«

Der Schulleiter unterbricht Vater sofort und sagt: »Aber Herr Bröselmann! Das sind ganz gewöhnliche Kieselsteine und keine Vogeleier.«
Vater verteidigt sich. »Nein, Herr Direktor! Die sehen nur aus wie Kieselsteine. In Wirklichkeit sind es Steinzeitvogeleier von einem Vogel aus der Steinzeit.«
Der Direktor redet auf Vater ein: »Aber Herr Bröselmann, wenn die Eier aus der Steinzeit wären, dann wären sie ja viele tausend Jahre alt. Versteinerte Vogeleier kann man doch nicht ausbrüten.«
»Doch, Herr Direktor, man kann«, sagt Vater. »Es ist nur nicht so einfach, sie auszubrüten. Man muß bestimmte Bedingungen einhalten. Zuerst habe ich ja auch nicht daran geglaubt, aber zu Hause habe ich eine Zauberpfeife, mit der ich Sachen verschwinden lassen kann.«
»*Was* haben Sie zu Hause?«
»Eine Zauberpfeife«, wiederholt Vater.
Der Hausmeister schnappt nach Luft und sagt: »Jetzt ist er ganz durchgedreht. Ich glaube, er hat sich beim Sturz von der Leiter nicht nur den

Fuß gebrochen. Sind Sie vielleicht auf den Kopf gefallen?«

Der Direktor schickt den Hausmeister aus dem Zimmer. Dann fragt er Vater in ganz ruhigem Ton: »Sie haben also zu Hause eine Zauberpfeife?«

Vater nickt.

Der Direktor kratzt sich an der Stirn und sagt liebevoll: »Herr Bröselmann, am besten, Sie gehen erst mal nach Hause. Und dann gehen Sie zusammen mit Ihrer Frau zum Arzt. Sie sehen etwas blaß und abgespannt aus. Ich rufe Sie morgen zu Hause an.«

Vater weiß nicht, was er sagen soll.

Er sagt nur: »Ja, danke, Herr Direktor.« Und er geht nach Hause. Vater ist ganz durcheinander. Er vergißt, daß er mit dem Auto zur Schule gefahren ist, und geht zu Fuß.

Zu Hause legt er sich auf die Matratze in Omas Zimmer.

Er fühlt sich krank und unendlich müde.

Eine halbe Stunde später kommen Tina und Jo nach Hause. An Vaters Gesicht erkennen sie gleich, daß etwas Schlimmes geschehen sein muß.

»Bist du eingeschlafen?« fragt Jo leise.

»Der Hausmeister«, flüstert Vater, »er hat mich erwischt. Hätte ich doch nie mit dem Brüten angefangen.«

Tina setzt sich zu Vater ans Bett. Sie streicht ihm zärtlich über den Kopf und sagt: »Wir alle wollten doch, daß du die Steineier ausbrütest.«

Vater holt einmal tief Luft. »Ich weiß überhaupt nicht mehr, was ich glauben soll«, sagt er ratlos.

Alle schauen sich fragend an.

Nach einer Weile hören sie, wie Mutter in die Wohnung kommt.

»Wie seht ihr denn aus? Ihr macht Gesichter wie sieben Tage Regenwetter«, sagt Mutter und setzt sich auf den Fußboden.

Sie bekommt keine Antwort.

Jo traut sich als erster.

Er stützt den Kopf auf seine Hände und sagt: »Sie haben Vater erwischt.«

Vater sieht Mutter traurig an. »Ich mußte dem Direktor erklären, daß ich eine Zauberpfeife habe«, erzählt er. »Da hat er mich nach Hause geschickt.

›Sie sind krank, Herr Bröselmann‹, hat er gesagt. ›Gehen Sie doch mal zum Arzt.‹

Der glaubt, ich bin verrückt. Aber ihr habt es doch auch gesehen. Ihr wart doch dabei. Meine Zauberpfeife kann wirklich zaubern.«

Mutter geht aus dem Zimmer. Gleich darauf kommt sie zurück. Ohne etwas zu sagen, stellt sie einen roten Pappkarton mitten in Omas Zimmer.

Tina springt wütend auf.

»Da ist ja der Karton mit den Gardinen«, schimpft sie. »Du hast gelogen! Ich habe dich doch nach dem Gardinenkarton gefragt.«

Vater ist noch wütender als Tina. Er haut mit der Faust auf den Karton und sagt: »Ganz genau! Ich habe dich auch nach dem Karton gefragt. Zweimal sogar! Und du hast geantwortet: ›Ich habe keinen Karton mit Gardinen aus dem Zimmer getragen.‹«

»Darf ich vielleicht auch mal was sagen?« fragt Mutter.

Sie geht zum Karton und öffnet ihn.
Alle schauen Mutter gespannt an und warten, was sie jetzt wohl sagen will.
Mutter zieht die Gardinen vorsichtig heraus und sagt ganz feierlich: »Das sind keine Gardinen. Das ist der Schleier von Prinzessin Firlefanzia.«
Vater, Tina und Jo schauen sich verdutzt an.
Vater versteht als erster. Er fängt schallend an zu lachen. »Der Schleier von Prinzessin Firlefanzia«, wiederholt er.
Auch Tina und Jo müssen lachen.
»Toll! Eine neue Geschichte!« ruft Jo. »Erzähl doch mal, Mutter!«
Mutter nimmt Vater in den Arm und sagt: »Ich glaube, zuerst muß ich mit Vater zu seinem Schulleiter und dem alles erzählen. Die Geschichte vom Schleier der Prinzessin Firlefanzia erzähle ich euch ein anderes Mal.«
»Und die erzählst du uns in Omas Zimmer«, schlägt Tina vor. »Hier kann man so gut Geschichten erfinden.«
»Ja, ganz genau! Wir haben jetzt ein richtiges Geschichtenerzählzimmer!« ruft Jo begeistert.

»Wenn wir uns alle einig sind, brauchen wir ja nicht mehr zu überlegen, was aus Omas Zimmer werden soll«, sagt Vater.

Mutter lacht und sagt: »Wenn ich richtig überlege, hat sich an Omas Zimmer eigentlich nichts verändert. Früher, als ihr noch ganz klein wart, seid ihr abends vor dem Schlafen immer in Omas Zimmer gegangen. Oma hat euch dann tolle Geschichten erzählt.«

Vater muß schon wieder gähnen und sagt: »Daß wir jetzt ein Geschichtenerzählzimmer haben, glaubt mir der Direktor bestimmt. Und wenn wir beim Direktor waren, schlaf ich erst einmal hundert Jahre.«

Mutter greift sich eine Gardine aus dem Karton, legt sie sich um und sagt: »Und wenn du hundert Jahre geschlafen hast, kommt eine Prinzessin und küßt dich wach.«

»Wieso denn das?« will Vater wissen.

Tina und Jo rufen gleichzeitig: »Genau wie bei Dornröschen!«

Paul Maar
Anne will ein Zwilling werden

**Buch des Monats der Deutschen Akademie
für Kinder- und Jugendliteratur**

Anne ist fünfeinhalb und hat wie alle Kinder in
dem Alter tausend Fragen. Warum sie nicht schneller
größer wird zum Beispiel. So groß wie ihr Bruder
Hannes. Der ist neun und darf schon viel mehr als
Anne. Straßenbahn fahren oder allein ins Kino gehen.
Warum darf Hannes immer älter sein als sie? Anne
findet das furchtbar ungerecht und beschließt –
ganz einfach – Hannes' Zwilling zu werden . . .

Neunzehn Geschichten und Bildergeschichten von
Anne und Hannes. Für Kinder im Vorschulalter und
ihre größeren Geschwister. Zum Vorlesen und Anschauen,
zum Selberlesen, Nachmachen und Weiterdenken.

Verlag Friedrich Oetinger, Hamburg